네 마음에 새겨진 이름

포토 에세이

刻在你心底的名字

Your Name Engraved Herein

刻在你
心底的名字
Your
Name
Engraved
Herein
네 마음에
새겨진 이름
포토 에세이

줄거리

누구에게나 아쉬움 남는 사랑이 있다. 당신 마음 깊은 곳에 새겨진 그 이름은 누구인가?
1987년, 계엄령이 막 해제된 대만. 고등학교 2학년에 재학 중인 아한은 부끄러움 많고 보수적인 성격이다. 거침없고 자유분방한 전학생 버디는 그런 아한을 안락한 세계 밖으로 데리고 나온다. 청춘의 혼란과 성적 자각에 대한 열망은 그들을 모험에 빠져들게 한다.
그때, 교육부의 새로운 제도 시행으로 학교에 여학생들이 입학하기 시작한다. 버디는 후배 여학생 반반에게 관심을 두며 아한과 점점 멀어진다. 순수했던 세 사람의 관계는 모호하고 어지럽게 얽히고, 버디와의 감정 속에서 혼란을 느끼던 아한은 결국 사랑과 복수가 뒤얽힌 계획 속으로 뛰어든다.
갈등 이후, 30년이 흐른 어느 날. 세 사람이 다시 만난다면, 과연 그들은 모순적이고도 복잡한 과거의 그 감정들을 어떻게 마주하게 될까?

쩡징화(曾敬驊) | 왕보더(王柏德) 역

자신을 '버디'라고 부른다. 〈버디(Birdy, 1984, 앨런 파커 감독)〉라는 영화를 본 이후부터다. 모든 속박에서 벗어나 자유롭게 새처럼 날고자 했던 영화 속 버디의 열망이 그를 사로잡았다. 버디는 자기 자신에게 충실한 삶을 원한다. 젊은 시절을 온전히 자신의 모습으로 살아가고자 한다. 하지만 외아들이라는 현실과 전통적인 가정 환경에서 쏟아지는 기대로부터 자유로울 수 없었다. 장자한의 열렬한 사랑 앞에서 일부러 애매모호한 태도로 거리를 두며, 자신만의 방식으로 그저 묵묵히 장자한을 지키려 할 뿐이다.

천하오썬(陳昊森) | 장자한(張家漢) 역

아한*은 보수적인 기독교 집안에서 태어났다. 아버지는 대륙에서 넘어온 외성인**(外省人)으로, 퇴역한 군인이며 어머니는 순수 대만 사람이다. 아한은 툭하면 돈을 들고 대륙으로 돌아가는 아버지를 이해할 수 없다. 자신은 늘 아버지의 관심과 인정을 받지 못하는 것만 같다. 아한은 마음속에 생겨나는 여러 생각들을 하느님께 기도하며 고백하곤 한다. 어느 날 남학생을 좋아하게 되었다는 고백을 하게 되나, 어릴 적부터 종교적 신념이 뿌리깊게 박혀 있던 터라 자신의 사랑이 몹시 괴롭기만 하다. 사랑 앞에 당당해지고 싶다가도 자신이 남성을 좋아하며 '동성애' 취급을 받을 수도 있다는 사실은 쉽게 받아들여지지가 않는다. 아한은 어쩔 수 없이 남학생들 사이에서 자신을 감춘다. 여학생들에게 잘 보이기 위해 만든 '나팔(喇叭) 밴드' 4인방에 가입하고 억지로 여학생과 데이트를 하기도 한다.

* 이름 앞에 '아(阿)'를 붙여 친밀감을 나타낸다. '자한' 대신 '아한'이라고 불리는 이유다.

** 외성인(外省人)은 1949년 전후에 장제스의 국민당 정권과 함께 본토(중국 대륙)에서 건너온 사람들을 의미한다. '대륙인' 혹은 '와이성런'이라고도 부른다.

30년 후, 성인이 된 아한은 자신의 본분을 지키며 성실히 살아가는 회계사다. 커밍아웃을 하지는 않았지만 그렇다고 자신의 성 정체성을 애써 숨기지 않는다. 성소수자 차별 철폐의 시대 앞에서 그저 많은 것을 꽃피울 수 있었던 자유를 놓치고 스쳐 지나가는 사람이 되고 말았다. 신부님이 죽었다는 소식을 통해 생각지 못하게 버디와의 재회로 이어진다. 오랫동안 한편에 내버려두었던 첫사랑의 감정이 다시 시작될 줄이야.

다이리런(戴立忍) | 성인 장자한 역

왕스셴(王識賢) | 성인 왕보더 역

성인이 된 버디는 어릴 적 소망대로 영화 감독의 꿈을 이룬다. 하지만 용감하게 꿈을 좇던 버디도 자신의 삶 앞에서는 솔직하지 못했다. 사랑 없는 결혼과 세상의 압박 속에 낳은 아이. 이를 과연 원만한 삶이라 할 수 있을까? 성 정체성 앞에서 시종일관 진솔하지 못했던 버디다. 그토록 자유롭던 과거의 영혼은 그 후로 30년 동안 자유롭지 못한 삶을 살아가고 있다.

베르테르 고등학교가 모집한 첫 여학생들 중 한 명. 반반(班班)으로 불린다. 호불호가 분명한 성격이다. 관악부에 가입했다가 세상에 구애받지 않고 독단적인 버디를 좋아하게 된다. 반반은 자신도 모르게 아한과 버디의 떳떳하지 못한 우정 속에 휘말리게 되고 그렇게 말로 설명할 수 없는 삼각관계가 시작된다.

샤오이메이(邵奕玫) | 우뤄페이(吳若非) 역

천이뤠이(陳怡叡) | 앤젤(Angel) 역

중부 지역의 대학생. 남학생의 초대로 밤에 놀러 다니는 일이 잦다. 좋아하는 남성에게 언제나 적극적이나 처음으로 자신에게 아무런 반응이 없는 아한을 만나게 된다.

보수적인 천주교가 사회와 경제 모두를 관장하고 있던 캐나다 퀘벡주에서 태어났다. 어려서부터 가족들에 의해 선교사의 신분으로 주님께 헌신해왔다. 대만의 계엄령 시대와 같았던 종교의 세력 속에서 젊은 시절의 올리버 신부는 사랑해선 안 될 사람에게 사랑에 빠지고 스스로를 죄인으로 여긴다. 1960년, 올리버 신부는 이 원죄를 안고 퀘벡을 떠나 머나먼 대만에서 선교 활동을 시작한다. 하지만 캐나다에서는 '조용한 혁명(Quiet Revolution)'이 일어나고 천주교 세력이 사회 계층에서 물러나면서 자유를 외치는 목소리가 끊임없이 터져 나온다. 그 후, 캐나다는 성소수자 평등에 가장 선진화된 국가 중 하나가 된다. 이를 놓칠 수밖에 없었던 올리버 신부는 타이완에 남아 계엄령이 해제된 대만 사회를 목도한다. 아한이 버디에 대한 감정을 고해하자 올리버 신부의 마음은 다시금 소용돌이가 일어난다. 신의 권위와 동성애의 금기, 그리고 오랫동안 묵혀두었던 자신의 감정 앞에서 올리버 신부는 난감하기만 하다.

파비오 그랑종(Fabio Julien Victor Grangeon) | **올리버 신부 역**

취셴핑(曲獻平) | 다바(大巴) 역

여자 꼬시기 4인방 '나팔 밴드'의 리더. 군민 거주지였던 쥐앤춘(眷村)에서 나고 자란 유학생이다. 아한과 솨이지, 라오페이와 같은 기숙사에서 생활하다 '나팔 밴드'를 결성했다. 멤버들을 데리고 먹고 놀고 마시다가 여학생들을 꼬드겨 노는 게 일이다. 동성애를 전염병이라 생각하는 동성애 혐오증이 있으며 여성스러운 남자아이들을 골라 괴롭히는 것을 낙으로 삼는다.

'나팔 밴드' 멤버 중 하나다. 머리는 단세포에다 허우대가 멀쑥하다. 성적 충동을 주체 못 해 혈기가 왕성한 인물이다. 다바에게 붙어 아부를 일삼는다. 다바와 한통속이다.

양제위(楊傑宇) | **솨이지**(帥雞) 역

추즈하오(邱治澔) | 라오페이(老費) 역

'나팔 밴드' 멤버 중 하나다. 약간 루저스러운 인물로 입만 살아 있을 때가 많다.

일찌감치 자신이 남자를 좋아한다는 걸 알았다. 사람들 앞에서 그 사실을 인정하는 데에도 두려움이 없다. 그 때문에 매일같이 다양한 학생들에게 괴롭힘을 당한다. 특히 '나팔밴드'에게 밥 먹듯이 괴롭힘을 당한 탓에 몸에 상처가 아물 날이 없다. 아한과 버디 사이에 흐르는 애매모호한 기류를 단번에 알아채지만 가만히 지켜만 볼 뿐이다.

린후이민(林暉閔) | **후배 서우서우(瘦瘦) 역**

치우하오치(邱昊奇) | 치자웨이(祁家威) 역

대만 성소수자 인권운동의 선구적 인물이다. 1980년대부터 특이한 복장에 피켓을 들고 거리로 나가 동성애자의 법적 권리를 위해 싸웠다.

* 피켓 문구: 결혼은 모든 개인의 권리! 동성애는 병이 아니다!

산둥(山東) 출신의 퇴역 군인이다. 부사관으로 계급은 높지 않았다. 대만어를 알아듣지 못하는 데다가 두 아들을 대하는 기준은 언제나 성적뿐인 아버지다. 자신의 훈계를 듣지 않으면 불같이 화를 낸다. 그렇게 권위를 세운 탓에 아한과는 언제나 머나먼 사이다. 한 집안의 가장이라기보다는 한 시대를 스쳐가는 나그네에 가까운 인물이다.

황량(黃良) | 아한의 부친 역

왕차이화(王彩樺) | 아한의 모친 역

대만의 전통적인 어머니상으로 다정하나 의연하다. 우연한 기회로 외성인을 만나 결혼했다. 아들의 일을 어느 정도 알고 있고 마음에 두고 있으나 드러내놓고 이야기하지 않는다. 아한이 누굴 좋아하든 아들에 대한 사랑은 변하지 않기 때문이다.

의대에 재학 중인 우등생. 잘생긴 데다가 공부까지 잘해서 모두가 선망하는 대상이었다. 내심 동생을 우습게 생각하면서 언제나 거만한 태도로 대한다.

우칭양(吳承洋) | 아한의 형 역

리안(黎安) | 아한 형의 여자친구 역

아한의 형과 같은 학교에 다니는 간호학과 학생이다. 총명한 데다 현명한 처신으로 윗사람들에게 특히나 예쁨을 받는다. 아한의 형과 선남선녀와도 같은 커플이다.

장(張)씨 성을 갖고 있다. 중국어로 '더럽다'는 의미의 '장(髒)'과 발음이 비슷해서 학생들은 뒤에서 그를 '짱대가리'라고 부른다. 낮에는 학교에서 학생들을 관리 감독하는 교관, 저녁에는 기숙사를 관리하는 사감의 임무를 맡고 있다. 밤 시간, 기숙사에서 그의 권력은 절대적이다. 눈에 거슬리거나 심기를 건드리는 학생이 보이면 반드시 처벌을 가한다. 그 누구도 감히 반항하지 못할 만큼 절대적인 권위를 가진 인물이다.

쑤다(蘇達) | 사감 역

룽사오화(龍劭華) | 버디 부친 역

타이중(臺中)의 의원으로 합법 조직과 비합법 조직 양쪽을 모두 손에 쥔 인물이다. 인맥을 써서 베르테르 고등학교 학부모회에 참여했다. 그 덕에 일반 공립학교에서 버티지 못하던 반항아 아들 버디는 베르테르 고등학교로 전학한다. 버디가 외아들인 데다가 장래에 대한 기대감이 큰 나머지 아들을 유난히 엄격하게 훈육해왔다. 그 때문에 버디는 늘 아버지에게 반항한다.

刻在你 心底的名字

Your Name Engraved Herein

지금까지도, 난 그때 네 모습을 기억해.

BIRDY

버디는 제정신이 아니었다.

늘 웃는 얼굴이었지만, 실은 괴로운 순간에도 웃고 있었으니까.

그들은 버디의 행동을 이해하지 못할 것이다.
버디는 아한이 안쓰러웠다.

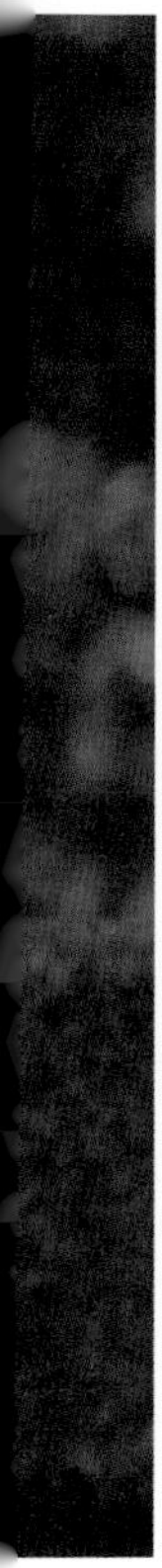

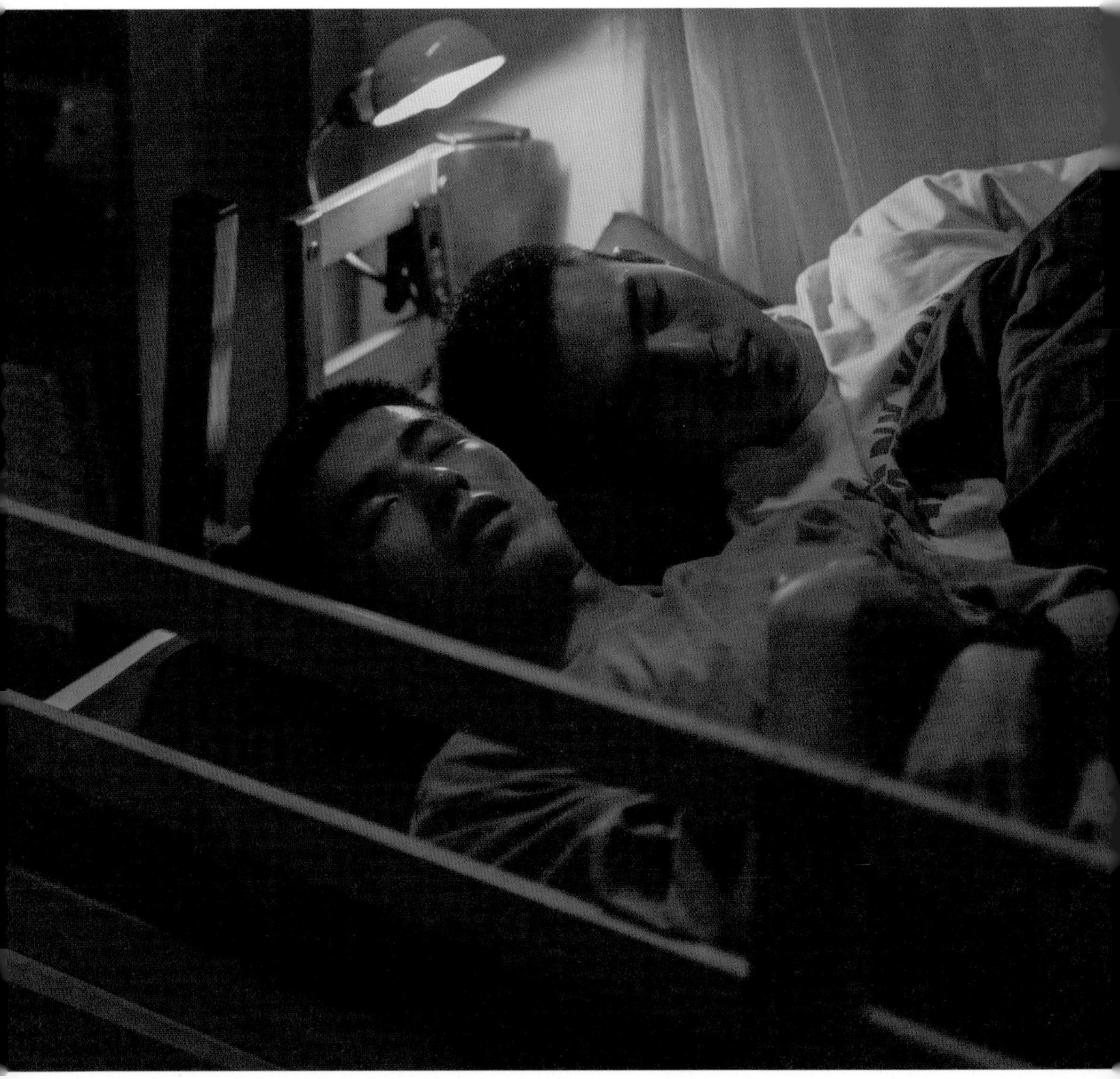

그 아이의 심장 소리는 다른 사람들과 달랐어요.
신부님은 누군가를 이렇게 가까이해본 적이 있나요?
이런 느낌을 아시나요?

사랑이란 어쩌면 술의 힘을 빌려야 용기 낼 수 있는 것인지도 몰라.
하지만 이상하지, 때로 우리가 서로를 바라볼 때면 아주 조금은 느껴지는 것 같거든….

네가 다른 사람에게 주었던 걸 똑같이 내게 준다면, 난 받지 않겠어!

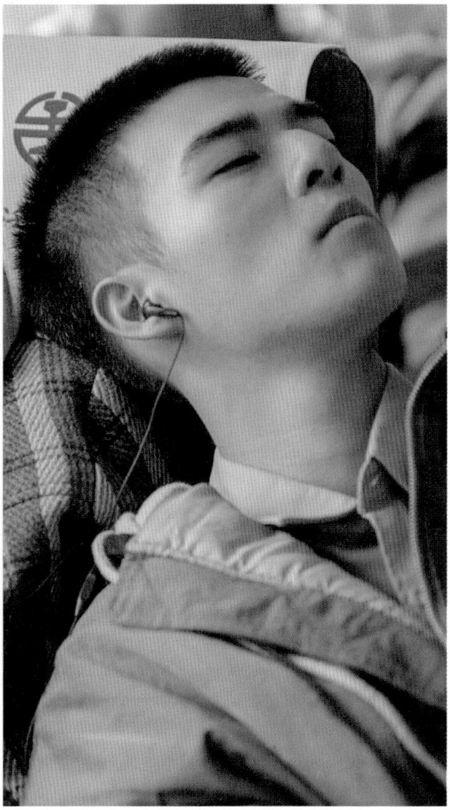

代陵謁學中

懷念領袖

버디가 불교식으로 기도를 한다.
"장 총통님, 감사합니다. 하루빨리 극락왕생하시기를. 성불하세요!"

아한은 천주교식으로 기도한다.
"전능하신 하느님 아버지, 우리를 살피시듯 총통님을 살펴주세요.
총통님은 위대한 분이거든요. 어떤 점이 위대한지는 잘 모르겠지만,
아무튼 다들 총통님을 좋아했으니 아마도 좋은 분이었을 겁니다.
부디 천국으로 가게 해주시고, 근심과 고통 없이 주님 곁에 쉬게 하소서, 아멘."

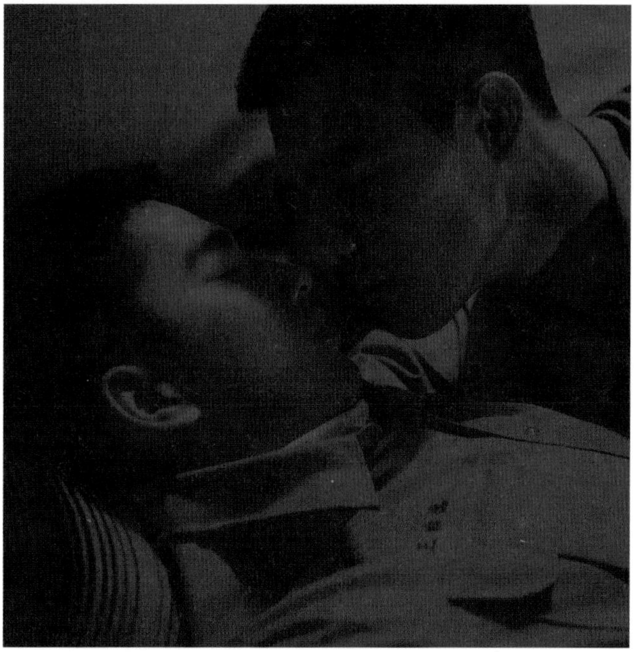

사랑은 둘만 아는 감정이니까….
영화 속 그 두 사람도 사랑이었을 거야….

이 세상엔 희망도 있고 실망도 있어, 난 그렇게 생각해.

△ 兩人走在路上，天氣很冷，兩人靠著走近，Birdy 一臉睡眼惺忪，搖搖晃晃，阿漢扶了一把。

阿漢：睡飽了嗎？沒睡飽我們再看一部？

Birdy：（微笑搖頭）看得懂嗎？ 感覺你就看不懂呵呵

阿漢：當然！兩個男主角演技都好好！就講兩個很要好一起長大的朋友，越戰讓 Birdy 瘋了，他朋友回來想喚醒他的回憶……

BIRDY

Birdy：你覺得他們是友情？還是？

阿漢：友情吧！後來可能還有親情，或是兄弟情？

Birdy：你怎麼知道不是愛情？

阿漢：（心虛）他們又沒有接吻還是什麼的，哪是愛情？

Birdy：你忘了歐神父說的，不會是只有親密行為才叫愛情！

△ Birdy 走到了點唱機旁，東看西看。

「如果你給我的，和你給別人的，是一樣的，那我就不要了！」

Birdy：你看三毛的書嗎？

阿漢：嗯！我很喜歡她的雨季不再來，還有撒哈拉的故事。

Birdy：她的書裡有一句話：如果你給我的，和你給別人的是一樣的，那我就不要了！

一種戀愛的自由，也是一種傲氣。

阿漢：三毛寫的應該是愛情吧！

Birdy：對！愛情就是一種任何東西都沒有辦法取代的情感！ 彼此結伴同行，看盡世上風景。

阿漢：（思索）愛情是一種只有當事者他們兩個才懂的情感……那電影裡他們兩個應該是愛情……

* 해석은 66쪽에.

760137

歐神父：要擦藥嗎？

△ 歐神父拿了藥箱，放在阿漢的身旁。

高中阿漢：沒事～

歐神父：（擔心）再一個多月就聯考了……

高中阿漢：再 41 天！

△ 阿漢有點漫不經心地回答，神父注視著眼前的大男孩，笑了。

歐神父：你有一點變了？

高中阿漢：有嗎？

歐神父：我記得你以前高一剛進樂隊的時候……

高中阿漢：我知道我很不應該，讓你失望了！所以您輔導我吧！

△ 神父笑了一下。

歐神父：輔導什麼？我覺得戀愛根本沒什麼，還是跟以前一樣，這裡只是讓你休息一下的地方……我只是想聽聽你的故事而已……怎麼開始的？

△ 阿漢一愣，看著歐神父，有點像告解，也有點像被審判著，猶豫著該怎麼說？

高中阿漢：我不知道……Father！我可以要根煙嗎？

△ 歐神父看著阿漢，笑了一下，開始捲菸。

△ 阿漢嘆了口氣。

高中阿漢：我……我真的可以跟您說所有的事嗎？

歐神父：當然！你不是叫我 Father 嗎？

△ 阿漢猶豫著怎麼開始。

* 해석은 67쪽에.

난 이 사랑에 용기를 냈어, 더 이상 잃을 게 없다고.

가보자, 이보다 더 큰 고통은 없을 테니.

△ 두 사람, 함께 길을 걷는다. 공기가 차다. 점점 가까워지는 두 사람. 버디가 잠에서 깬 지 얼마 안 된 듯 가물가물한 얼굴로 휘청대자 아한이 부축한다.

아한 : 충분히 잤어? 덜 잤으면 들어가서 한 편 더 볼래?

버디 : (미소 띠며 고개 젓는) 이해는 한 거야? 넌 이해 못했을 것 같은데 (웃음)

아한 : 당연하지! 남자 주인공 둘 다 연기 진짜 잘하더라! 절친이었던 두 사람이 있었는데 월남전이 일어나면서 버디가 정신이 이상해졌고 친구가 버디의 기억을 되살려주려고 하는 내용이잖아….

BIRDY

버디 : 그 두 사람, 우정이었다고 생각해?

아한 : 우정이겠지! 나중엔 가족이나 형제애 같은 사이가 되었을 수도 있고?

버디 : 사랑일 수도 있는 거 아냐?

아한 : (괜히 찔리는) 둘이 키스 같은 것도 안 했는데 어떻게 사랑이야?

버디 : 올리버 신부님 얘기 까먹었냐? 친밀한 행위가 있어야만 사랑은 아니라고 했잖아!

△ 버디가 수크박스 앞으로 성큼 걸어가 이리저리 살펴본다. 「네가 다른 사람에게 주었던 걸 똑같이 내게 준다면, 난 받지 않겠어!」

버디 : 싼마오 책 봤어?

아한 : 봤지! 〈우기는 다시 오지 않는다〉랑 〈사하라 이야기〉 좋아하거든.

버디 : 싼마오 책에 이런 말이 나와. '네가 다른 사람에게 주었던 걸 똑같이 내게 준다면, 난 받지 않겠어!'

자유롭게 사랑할 수 있다는 건, 일종의 오만이었어.

아한 : 싼마오가 쓴 건 사랑일 거야!

버디 : 맞아! 그 어떤 걸로도 대체할 수 없는 감정이 바로 사랑이니까! 서로의 곁을 지키며 이 세상을 함께 바라보는 거야.

아한 : (생각에 빠지는) 사랑은 둘만 아는 감정이기도 하니까……그럼 영화 속 그 두 사람도 사랑이었겠네……

올리버 신부 : 약 바를래?

△ 올리버 신부가 약 상자를 가져와 아한 옆에 내려놓는다.

학생 아한 : 아뇨~ △ 버디는 왜 대담하게 굴지 못하는 건지 여전히 화가 나 있는 상태, 하지만 그보다 더 큰 건, 집에서 압박을 받고 있는 버디 모습을 보고 괴로운…

올리버 신부 : (걱정스러운) 대입 시험이 이제 한 달밖에 안 남았어….

학생 아한 : 41일이거든요! 물고기 자리 특징, 난 그저 버디와 어떻게 해야 할지 가만히 생각만 하고 싶을 뿐…

△ 아한이 약간 무심한 듯 대답하자 올리버 신부는 다 큰 사내아이 같은 그 모습에 웃음이 나온다. △ 어쩌면 나는 내가 변했다는 걸 알 수도, 의식하고 있을 수도 있다.

올리버 신부 : 너 좀 달라진 것 같다? 상황1. 나도 안다. 2. 하아, 내가 미친 것 같다고 말해야 하나.

학생 아한 : 뭐가요? ※ 나는 스스로가 변했다는 걸 느끼고 있는 걸까? 당시 너와 다바 밴드 △ 그때 나는 완벽하게 감추고 있었다.

올리버 신부 : 네가 1학년 때 관악부에 처음 들어왔을 때만 해도… 이게 허락될 수 없는 일이라는 걸 잘 알았으니까.

학생 아한 : (웃는) 제가 잘못했다는 거 알아요, 실망하셨겠죠! 그러니 훈계하셔도 돼요!

△ 올리버 신부, 웃음이 나온다. △ 난 이 사랑에 용기를 냈어, 더 이상 잃을 게 없다고. 가보자, 이보다 더 큰 고통은 없을 테니.

올리버 신부 : 훈계는 무슨? 연애가 뭐 별거라고, 여긴 언제나 네가 쉴 수 있는 공간일 뿐이다…. 난 그냥 네 이야기가 듣고 싶었어…. 언제부터야? 부님, 혹시 신부님도 동성애가 가능다고 생각하시는 건가요?

△ 아한은 당황한 듯 얼떨떨한 눈으로 올리버 신부를 바라본다. 솔직하게 털어놓고 싶다가도 어쩐지 심판받는 기분이 든다. 어떻게 말을 꺼내야 할까 주저하는데. △ 조금 어렵다. 연애가 뭐 별거냐는 신부님의 말이 믿기지 않는다 → 이해받고 있다는 생각에 믿기지 않는 눈으로 신부를 바라본다.

학생 아한 : 모르겠어요……신부님! 담배 좀 피워도 돼요? 숨이 멎는 것만 같은 기분. 이 세상에 날 이해해줄 사람이 있었다니.

△ 올리버 신부가 아한을 바라보다 웃음을 짓더니 담배를 말기 시작한다. (△ 나 지금 꿈꾸고 있는 걸까? 날 이해하다니. 진짜일까?)

△ 아한, 한숨을 내쉰다. △ 감정이 조금 사그라들고 현실로 돌아온다. 그래서 내쉬는 숨. 잠시 후 자연스럽게 드러나는 천성.

학생 아한 : 저…. 정말 전부 다 털어놔도 돼요? 아한의 특성 : 위로 받을 수 있는 출구를 발견했다는 기쁨에서 나오는 천진함

올리버 신부 : 그럼! 내가 괜히 신부겠니?

△ 아한은 어디서부터 시작해야 하나 망설인다. △ 이해받는 기분에 기쁘다.

維特中
張家漢

영화가 우리 인생보다 훨씬 재밌는 거 같지 않아?

사랑이 없어도, 넌 날 안을 수 있어?

WHAM!
WHAM!
wham
WHAM!

『**刻在你心底的名字**』劇本最終完成版

戀不是病！』

Birdy：他好像不是在要錢！

阿漢：他是個男生耶？　好奇→疑惑

當代警察
濫權鎮壓
520農民事件
(1988)

△ 兩人發現是男生，充滿驚奇，Birdy 好奇想要上前，阿漢發現另一頭出現一群人，來勢洶洶像流氓，阿漢忙拉 Birdy。

阿漢：少年隊的！

△ 兩人忙起身，轉向面對橋下，假裝看風景，結果這群便衣警察目標不是他們，直直地往祁家威方向去。

新台語歌運動
林強、伍佰、陳明章
陳昇、羅大佑、王傑
小虎隊、張雨生

△ 兩人鬆了口氣，轉頭假裝看向橋底方向，卻發現這群人和示威的人拉扯了起來。旁邊遠遠地站著穿制服的警察，卻假裝看不到，袖手旁觀還在聊天，這群人強制的驅離，硬拖拉著祁家威走。

△ 兩人面面相覷，單純的男孩，面對第一次這麼激烈的街頭運動，眼眶~~都激動地含淚起來~~。疑惑

△ Birdy 想要衝上前去，奮力向前，硬是被阿漢拉住，兩人拉扯中，一個彪形大漢指著他們，流氓樣怒瞪，暗示要他們滾遠一點！

Birdy：為什麼要這樣對他……？　為什麼！他到底做錯了什麼？

△ Birdy 想衝上前幫忙，被阿漢緊緊地抓著，刑警毆打羞辱著示威者，Birdy 激動大喊。　有很多為什麼無法被回答，就像學校教的知識

Birdy：你們在幹什麼？你們是誰？憑什麼對他這樣？憑什麼打他？他哪裡犯錯了？你們不可以這樣隨便抓人！我要報警喔！

讓實在他的世界中很多很糟糕的事發生，

△ 阿漢指向旁邊笑著不動的警察，兩人似乎懂了些什麼。

* 해석은 88쪽에.

말한 건 난데, 왜 저 사람이 이런 대우를 받아야 하는 건데!

△ 便衣警察停下來瞪著 Birdy，Birdy 毫不畏懼地回瞪回去，阿漢看著 Birdy，覺得他好特別，對同志有很不一樣的關心眼神，這也是他第一次看到如此激動的 Birdy，卻不知道他心裡想什麼？

世界簡單也單純，平靜，相對資訊量少，可能不能理解發生了什麼，很多東西看不見也不知道。

25 （少年）	時 夜	景 太陽系包廂
人 阿漢、Birdy		

△ Birdy 和阿漢兩個人發呆陷入影碟館的沙發中，電視播放著電影鳥人。

阿漢：你還好嗎？

Birdy：如果我死了，你會怎樣？ 胡思亂想的人。

阿漢：什麼怎樣，你不要胡思亂想。

Birdy：我是說『如果』？你想像一下！

△ Birdy 認真地看著阿漢，閉上眼睛躺在地上。

△ 阿漢看怪異的 Birdy，走過去，蹲在他面前，突然眼眶含淚。

△ Birdy 傳出了打呼聲，阿漢又哭又笑，不知道該拿他怎麼辦？突然一個服務生進來，看著景象，有些愣住！ 熟睡

服務生：他……？他怎麼了？

阿漢：沒事沒事！他剛剛睡著了！

睡睡睡.

* 해석은 89쪽에.

자유롭게 사랑할 수 있다는 건 일종의 오만이었다.

「네 마음에 새겨진 이름」 시나리오 최종본

『동성애는 병이 아니다! 』

버디 : 구걸하는 게 아닌 것 같은데!

아한 : 남자잖아? 호기심 → 미심쩍음

당시 경찰의 권력, 진압 520 농민운동 (1988) 타이완어 노래 운동 린치앙(林強), 우바이(伍佰), 천밍창(陳明), 천성(陳昇), 뤄다유(羅大佑), 왕제(王傑), 소호대(小虎隊), 장위성(張雨生)

△ 두 사람은 남자라는 걸 알고 이상하다 여긴다. 버디가 호기심에 가까이 가보려는데, 그때 다른 한쪽에서 마치 깡패들이 쏟아져 나오듯 달려오는 사람들을 보고 아한이 놀라 버디를 붙잡는다.

아한 : 소년대야!

△ 두 사람은 다급히 일어나 구경하는 척 육교 아래쪽으로 몸을 돌린다. 이제 보니 사복 경찰들이 노리던 목표물은 두 사람이 아니다. 치자웨이가 있는 쪽으로 곧장 달려가는 사복 경찰들.

△ 숨을 돌리는 두 사람, 육교 아래를 바라보는 척 고개를 돌리는데 그 순간 사복 경찰들과 시위하던 사람 사이에 밀고 당기며 실랑이가 벌어지는 모습을 목격한다. 저 멀리 제복을 입은 경찰들은 못 본 척 대화만 나누고 있다. 사복 경찰들은 치자웨이를 강제로 끌고 간다.

△ 놀란 듯 서로를 바라보는 버디와 아한. 순진한 두 사내는 처음 맞닥뜨리는 격렬한 가두시위 앞에서 감정이 ~~북받쳐 눈시울이 붉어진다.~~ 미심쩍음

△ 버디가 앞으로 달려가려 하자 아한이 버디를 후다닥 붙잡는다. 두 사람이 밀고 당기며 씨름을 하는데 건장한 체격의 남자 하나가 두 사람을 가리키며 저쪽으로 멀리 떨어지라는 듯 눈을 부라린다.

버디 : 저 사람한테 왜 저러는 건데…? 왜? 저 사람이 대체 무얼 잘못한 건데?

△ 버디가 도와주려 앞으로 나가자 아한이 꽉 붙들고 놓지 않는다. 경찰이 시위하던 사람을 구타하며 모욕을 주자 버디가 흥분한 듯 소리친다.

답을 찾을 수 없는 것들이 너무나 많다. 마치 학교에서 배우는 지식들처럼

정말이지 그의 세상엔 최악의 일들이 가득했다.

버디 : 당신들 뭐하는 거야? 당신들이 누군데? 뭐 때문에 그러는 거냐니까? 뭐 때문에 때리는 거냐고? 저 사람이 무슨 죄를 지었는데? 그렇게 아무나 막 잡아가도 되는 거야! 경찰 부를 거야!

△ 아한이 옆에서 웃는 얼굴로 가만히 서 있는 경찰을 가리킨다. 두 사람, 이제야 상황을 알 것 같다.

△ 사복 경찰이 멈춰 서서 눈을 부릅 뜨고 버디를 바라본다. 버디 역시 조금도 지지 않고 경찰을 노려본다. 아한은 동성애자에게 남다른 관심과 눈빛을 가진 버디가 왠지 특별해 보인다. 그토록 흥분하는 버디를 보는 것 또한 처음이다. 하지만 버디의 속내는 알 수가 없다.

단순하고도 순수하며 조용한 세계 안에서 아는 것 또한 적으니 무슨 일이 일어나고 있는 건지 이해하지 못할 것이다. 보이지 않고 알 수도 없는 일들이 세상에는 많다.

25 (소년)	시간/ 밤	장소/ 비디오방
인물/ 아한, 버디		

△ 버디와 아한, 두 사람이 비디오방 소파에 파묻혀 있다. 브라운관에서는 영화 〈버드맨〉이 상영 중이다.

아한 : 너 괜찮냐?

버디 : 만약 내가 죽으면, 넌 어떨 것 같아? 잡생각이 많은 사람.

아한 : 뭘 어떡해, 쓸데없는 소리 좀 하지 마.

버디 : '만약'이라고 했잖아. 상상해보라니까!

△ 버디는 아한을 진지한 눈으로 바라보다가 눈을 감고 누워버린다.

△ 아한은 낯선 버디를 바라보다가 가까이 다가가 버디 앞에 쪼그리고 앉는다. 갑자기 눈에 눈물이 고인다.

△ 갑자기 코를 고는 버디. 아한은 그런 버디를 어떻게 해야 할지 모르겠다. 웃을 수도 울 수도 없는데. 갑자기 아르바이트생이 들어와 그 모습을 보고 깜짝 놀란다.

잠들었음.

아르바이트생 : 저… 저 사람 왜 저래요?

아한 : 아무 것도 아니에요! 방금 잠들었어요!

쿨쿨쿨.

維特中學
750138
750213

維特中學
750137

維特中學
750137
維特中學
750125

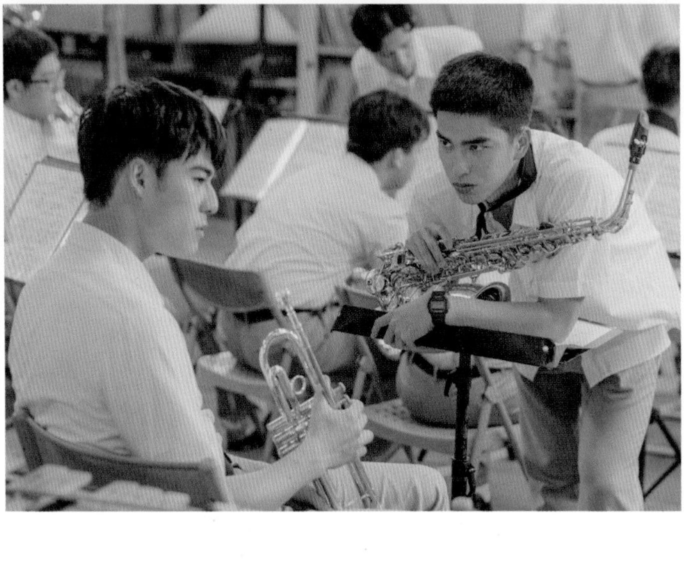

750137
王柏德
750523

維特中學
750213

750523

7701

우리 세상이 네 말처럼 그렇게 나쁘지만은 않아.
그러니 한탄할 필요 없어.

이 세상이 우리 둘을 중심으로 돌아간다고 생각했어.
근데 내가 왜 갑자기 남이 되어버린 거야?

750137

750137

張

누군가를 좋아하는데
왜 무조건 남자와 여자로, 동성과 이성으로 나눠야 하는 거야?
좋으면 그냥 좋은 거잖아?

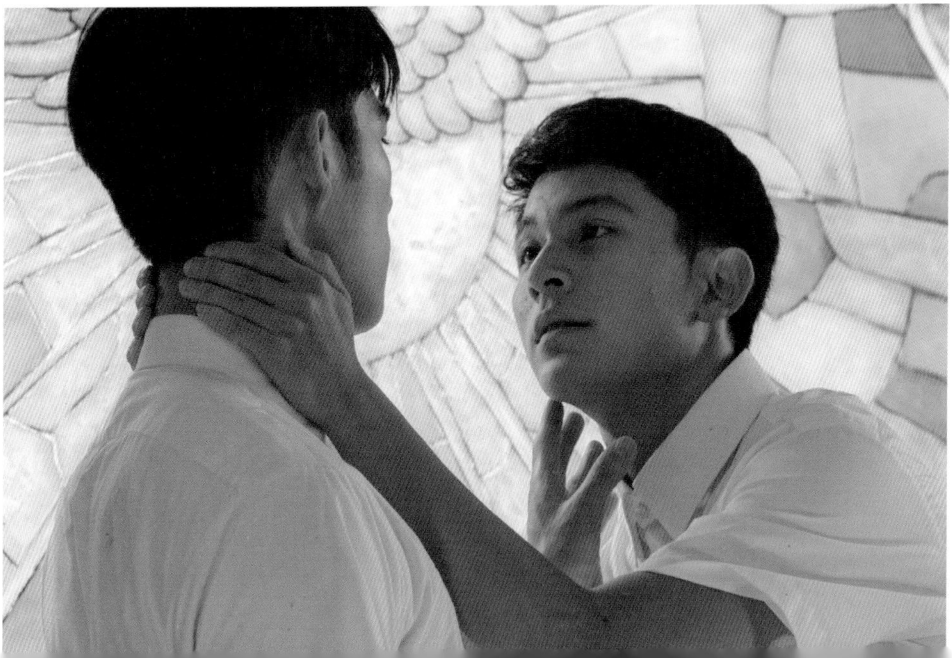

이성 간의 사랑이어야만 축복받을 수 있는 거야?

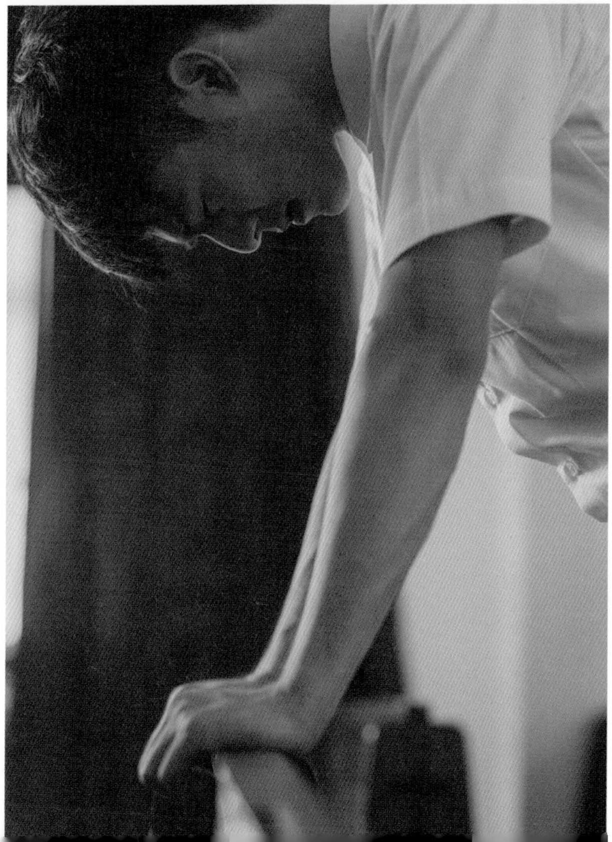

INDIANA
PROSSER

王柏德
≡維特中學≡
750523

750137

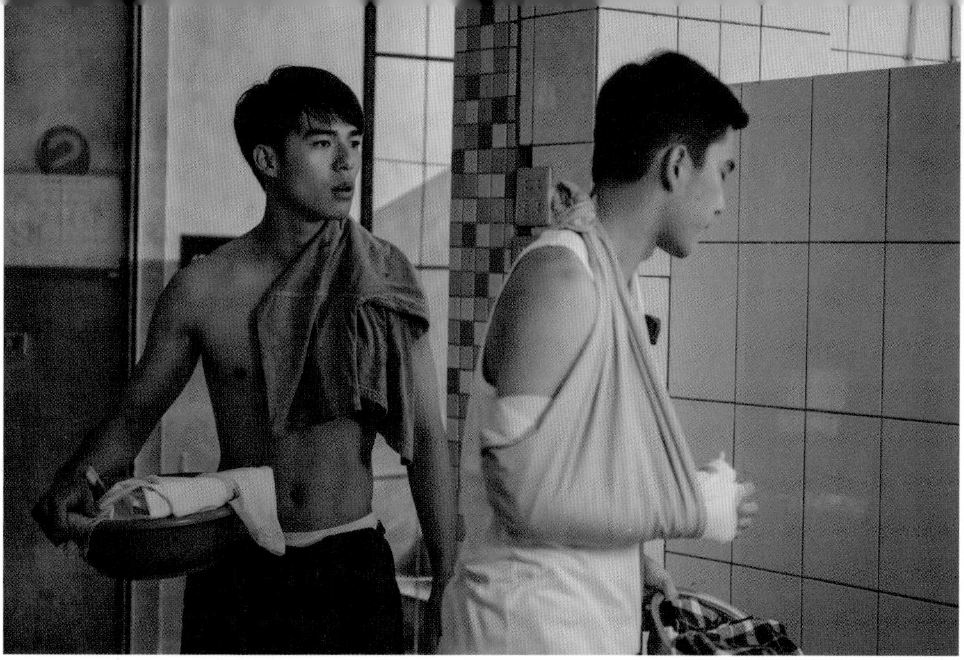

난 내가 누굴 좋아하는지 말할 수 있어. 넌 할 수 있어?

電話
-維特中學-
770116

維特中學
750137
張家漢

“어디 가?”
“어디면? 나 가는 데는 다 따라올 거야?”

實踐新生活運動

動運活生新踐實

動運活生新踐實

760137

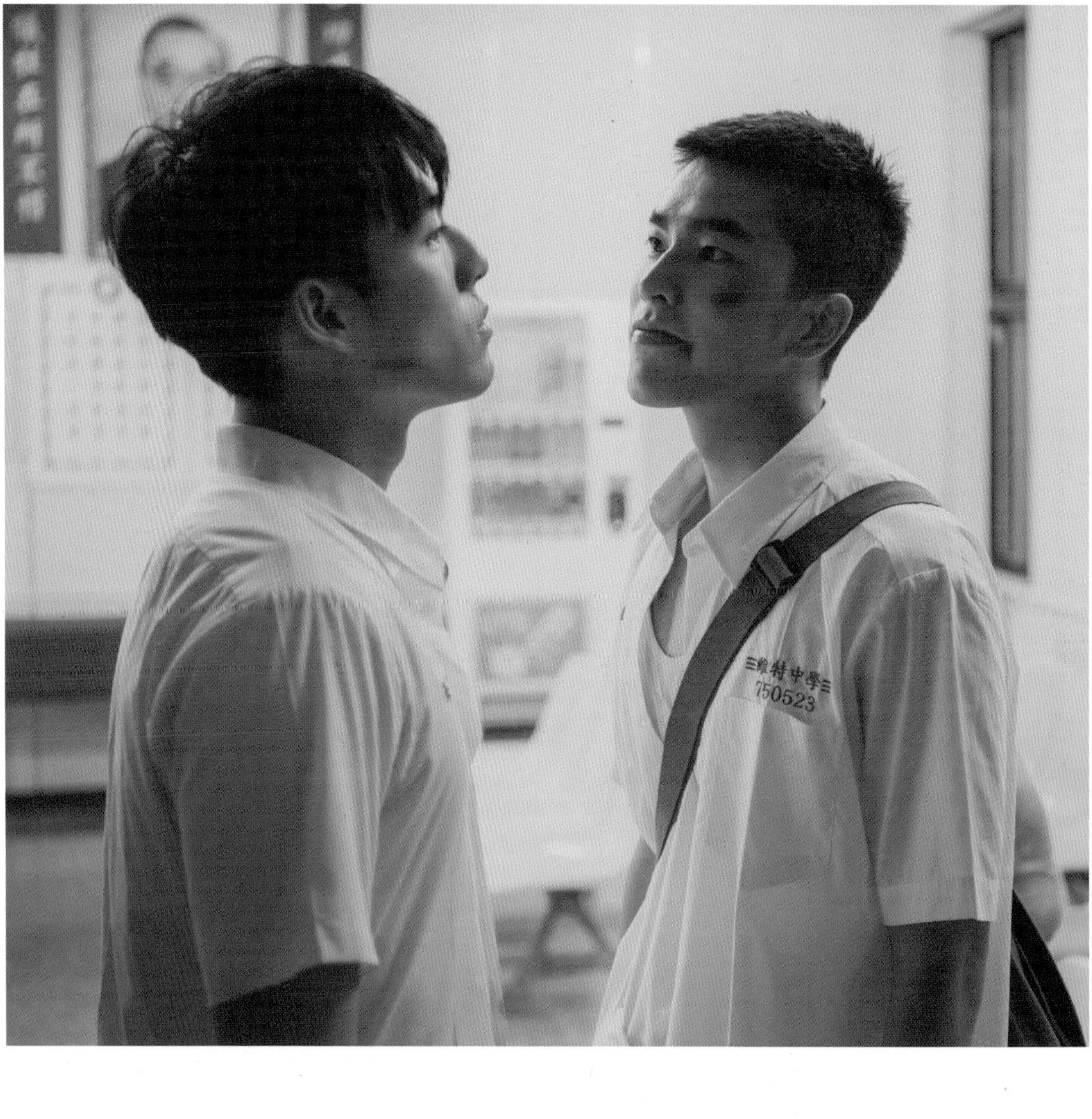
維特中學
750523

危

三維特中三
75013
張家漢

LIFEJACKET

維特中學
750523

維特中學
750137

維特中學
750523

張家漢
維特中學
750137

張家漢
維特中學
750137

租售
45坪格局方
大面採光窗戶
洽陳代書
2132668
助手二位
租
李太太
02-237636
洗碗工

누구에게나 아쉬움 남는 사랑이 있다.
당신 마음 깊은 곳에 새겨진 그 이름은 누구인가?

천사는 감히 걷지 못할 길을 바보는 단숨에 뛰어든다.

Behind the scenes

維特中學
770116

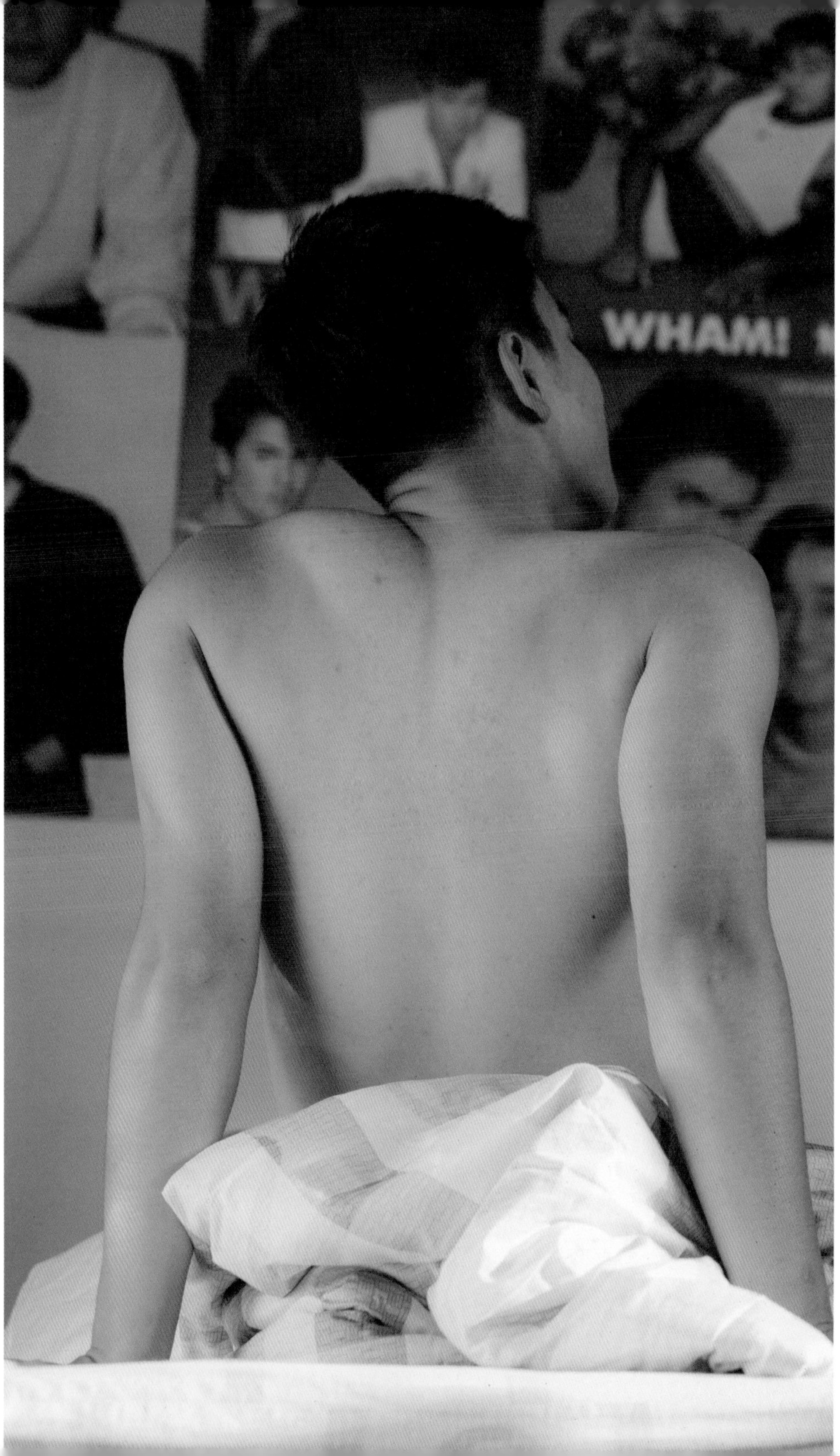
WHAM!

WHAM!

出租汽車

永康齒科診
DENTAL CLINIC
牙醫診所

HOLLISTER CO.

英王賓館
TEL.558483

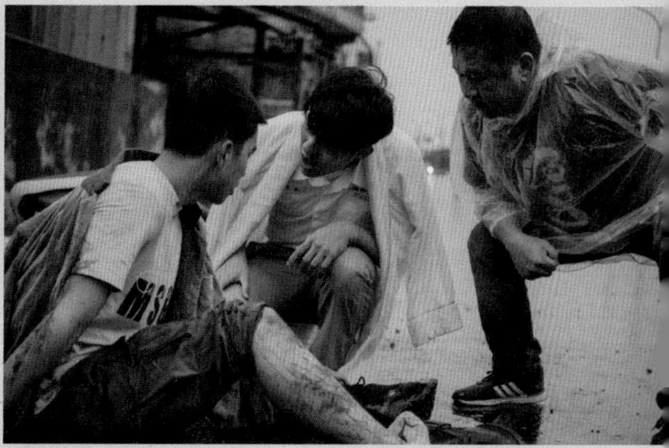

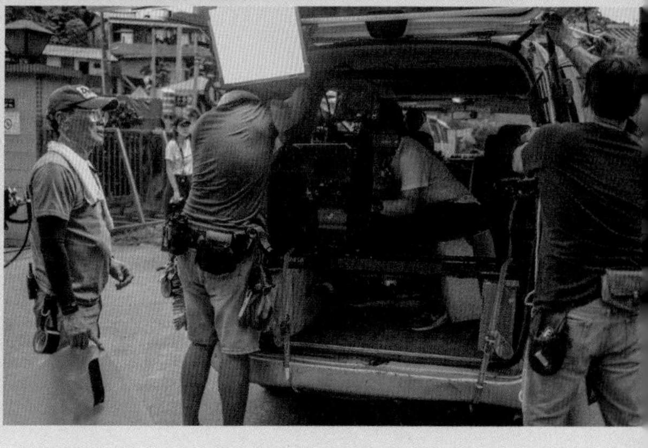

FILA

지은이 **옥시젠 필름**(Oxygen Films, 氧氣電影)

옥시젠 필름은 2001년 여름, 대만 트렌디 드라마의 아버지라 불리는 취요닝(瞿友寧)이 설립했다. 제작한 드라마로는 〈장난스런 키스(惡作劇之吻)〉 등이 있으며 영화는 〈네 마음에 새겨진 이름(刻在你心底的名字)〉 등이 있다.

옮긴이 **김소희**

'차라'라는 필명을 가진 중국어 번역가. 다수의 한중 합작 드라마와 영화 대본을 번역하고 중국어 관련 도서를 여러 권 썼다. 현재는 출판 번역과 함께 번역 코칭을 겸하고 있다. 저서로는 《중국어 번역가로 산다는 것》《마음의 문장들》 등이 있고, 옮긴 책으로 《어른을 위한 인생 수업》《상견니 영화 각본집》《상견니 영화 포토 에세이》 등이 있다.

네 마음에 새겨진 이름
포토 에세이

1판1쇄 펴냄 2024년 4월 3일

지은이 옥시젠 필름
옮긴이 김소희

펴낸이 김경태 | **편집** 홍경화 양지하 한홍비
디자인 박정영 김재현 | **마케팅** 김진겸 유진선 강주영
펴낸곳 (주)출판사 클
출판등록 2012년 1월 5일 제311-2012-02호
주소 03385 서울시 은평구 연서로26길 25-6
전화 070-4176-4680 | 팩스 02-354-4680 | 이메일 bookkl@bookkl.com

ISBN 979-11-92512-75-4 03820

출판사 클의 책을 만나보세요.

刻在你心底的名字

Your Name Engraved Herein